roman rouge

Dominique et compagnie

Sous la direction de
Yvon Brochu

Anique Poitras

Anique
La dame et la licorne

Illustrations
Céline Malépart

Catalogage avant publication de la Bibliothèque nationale du Canada

Poitras, Anique
Anique – La dame et la licorne
(Roman rouge)
Pour enfants de 6 ans et plus

ISBN 2-89512-362-4
I. Malépart, Céline. II. Titre.

PS8581.O243D35 2004 jC843'.54 C2003-940795-0
PS9581.O243D35 2004
PZ23.P64Da 2004

Dépôts légaux : 1er trimestre 2004
Bibliothèque nationale du Québec
Bibliothèque nationale du Canada
Bibliothèque nationale de France

ISBN 2-89512-362-4
Imprimé au Canada

10 9 8 7 6 5 4 3 2 1

Direction de la collection :
Yvon Brochu, R-D création enr.
Éditrice : Agnès Huguet
Direction artistique et
graphisme : Primeau & Barey
Révision-correction :
Martine Latulippe

Dominique et compagnie
300, rue Arran
Saint-Lambert (Québec) J4R 1K5
Téléphone : (514) 875-0327
Télécopieur : (450) 672-5448
Courriel :
dominiqueetcie@editionsheritage.com
Site Internet :
www.dominiqueetcompagnie.com

Nous remercions le Conseil des Arts du
Canada de l'aide accordée à notre programme de publication.

Nous reconnaissons l'aide financière
du gouvernement du Canada par l'entremise
du Programme d'aide au développement
de l'industrie de l'édition (PADIÉ) pour nos
activités d'édition.

Nous reconnaissons l'aide financière du
gouvernement du Québec par l'entremise
du Programme de crédit d'impôt pour l'édition de livres – SODEC – et du Programme
d'aide aux entreprises du livre et de
l'édition spécialisée.

Chapitre 1

La folle du village

Je m'appelle Anique. J'habite un village semblable à des milliers d'autres sur cette planète.

Demain, mes parents et moi partons pour Paris. J'ai hâte mais, pour l'instant, j'ai quelque chose de très important à régler. Hier matin, les policiers ont arrêté une belle jeune femme au bord du fossé des quenouilles. Dans le village et dans les environs, personne ne la connaît. Elle n'avait aucun papier d'identité. À ce qu'il paraît, elle portait des vêtements démodés, et elle tenait contre elle un panier rempli de petites fleurs. Désespérée, la dame affirmait que sa licorne avait disparu.

Bien entendu, tout le monde clame haut et fort :

— Cette femme est folle. Elle délire. Une patiente enfuie d'un

hôpital psychiatrique, sans aucun doute !

Mon père et ma mère partagent cet avis. Pas moi ! Qui est cette femme ? D'où vient-elle ? Je veux en avoir le cœur net.

J'annonce à mes parents :

– Je vais faire un tour.

– Où vas-tu, Anique ? me demande ma mère.

Je réponds :

– Chercher la licorne !

Maman soupire puis s'exclame :

– Pourquoi cette enfant veut-elle toujours se mêler des affaires compliquées des grands ?

Papa hausse les épaules et replonge dans ses mots croisés.

Pourquoi je veux me mêler des affaires compliquées des grands ?

9

Parce que tous les adultes que je connais disent que le monde est petit. Moi, je sais qu'il est plus grand et plus étrange qu'il n'y paraît !

Je me rends au bord du fossé où on a trouvé la dame. Je cherche des indices. Des quenouilles sont penchées, tête en bas. Quelqu'un ou quelque chose les a écrasées. Je descends dans le fossé et soulève les quenouilles affaissées. Je découvre une petite fleur coupée. La tige de la fleur est enroulée autour de… Mais qu'est-ce que c'est ? Un bout de corne ? Une corne torsadée dont le bout est piqué dans le sol ! Bizarre… Les policiers étaient tellement convaincus que la dame était folle qu'ils n'ont pas pris la peine d'inspecter les lieux. Sinon, ils auraient trouvé le bout de la corne. Je mets la pièce à conviction dans la poche de mon manteau.

Ce n'est pas tout : il y a des empreintes de sabots. Je suis les traces. Elles me mènent au champ de monsieur Bourbon-Bougon. Ce n'est pas son vrai nom, il s'appelle Bourdon, mais c'est celui qui lui convient le mieux.

Je continue de suivre les empreintes jusqu'à la ferme. Monsieur Bourbon-Bougon beugle dans l'écurie. Je m'approche sans faire de bruit. Le fermier en furie engueule sa plus belle jument :

— Tu m'as coûté les yeux de la tête, Vilaine. J'ai payé le gros prix pour te faire accoupler avec le meilleur étalon. Et toi, qu'est-ce que tu fais ? Tu batifoles avec un bouc.

Monsieur Bourgon-Bougon a la réputation d'être toujours de mauvaise humeur, de boire beaucoup d'alcool et de divaguer de temps en temps.

Il saisit un flacon dans sa poche, avale une grande rasade de bourbon, puis une autre.

– Je vais faire disparaître ce bâtard ! lance-t-il.

Il tourne le dos à Vilaine. Titubant légèrement, il s'empare de son vieux fusil sur lequel il s'appuie comme s'il s'agissait d'une canne. Il sort de l'écurie en marmonnant :

– Qu'est-ce que je peux faire d'une pouliche avec des pattes de chèvre et une corne au milieu du front ?

Je m'éclipse pour ne pas être vue. Je commence à comprendre les étranges propos que le fermier tenait à sa jument. De toute évidence, il n'a pas entendu parler de l'arrestation d'une femme, ce matin, au bord du fossé. Furieux, il s'en va derrière le bâtiment. Je le suis.

L'heure est grave. Au bout d'une corde, une licorne s'agite désespérément.

Chapitre 2

La licorne

Monsieur Bourbon-Bougon pointe son arme sur la licorne. Je crie :

— Monsieur Bourdon, Vilaine n'est coupable d'aucun délit, je vous l'assure ! Cette bête n'est pas le bâtard de votre jument, c'est une licorne !

Le fermier se tourne vers moi, abasourdi. Incrédule, aussi. Il se gratte le menton et marmonne :

— Depuis quand il y a des licornes par ici ?

J'ordonne sur un ton sévère :

– Détachez la licorne immédiatement, sinon j'appelle la police !

Ahuri, l'homme dépose son fusil.
Il s'approche de la licorne. La bête
lui montre aussitôt les dents. Je dis
au fermier :

– Laissez-moi faire.

Je m'avance doucement vers la
licorne, en lui présentant le bout de
sa corne. Je lui chuchote :

–N'aie pas peur, je suis ton amie.

La fabuleuse bête sent ma main et s'apaise. Je retire la corde nouée autour de son cou.

Je salue monsieur Bourbon-Bougon. Il nous dévisage, la licorne et moi, en se grattant le menton.

– Germaine a peut-être raison quand elle affirme que je bois trop de bourbon ! grommelle-t-il.

La licorne me suit comme un chien fidèle. Quand nous arrivons près du tracteur du fermier, la bête s'énerve : elle crache, souffle et refuse d'avancer. Je flatte sa tête pour la rassurer. La licorne se calme. Nous poursuivons notre route jusque chez moi.

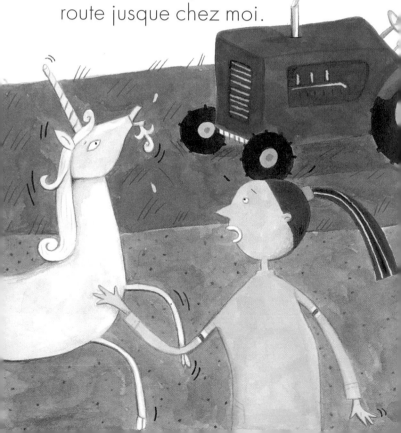

Chapitre 3

La cousine Albertine

Je dis à la licorne :

—Ne bouge pas d'ici, d'accord ?

J'essaie de refermer la porte du cabanon, mais la corne de la licorne dépasse. Je laisse la porte entrouverte et je vais trouver mon père.

—Papa, j'ai besoin de ton aide pour faire libérer la dame à la licorne.

—Et quoi encore ? me répond-il. Bien entendu, il ne me prend

pas au sérieux. Le temps presse.
J'entraîne mon père au fond du
jardin. Il aperçoit la corne qui dépasse du cabanon.

— Qu'est-ce que c'est ? me de-
mande-t-il.

Je l'invite à jeter un coup d'œil à
l'intérieur. Papa sursaute de stu-
péfaction. Encore sous le choc, il
me lance :

— Qu'est-ce que tu veux que je
fasse ?

— Accompagne-moi au poste de
police.

Papa cherche un prétexte pour
justifier notre départ. Je dis :

– Pourquoi ne pas dire simplement la vérité à maman ?

– Tu as raison, me répond-il.

Il annonce à ma mère :

– Chérie, Anique et moi allons libérer la dame à la licorne.

Maman réplique :

– Très bien. Pendant ce temps, je vous mijoterai un ragoût de chimère. À moins que vous préfériez de la chimère grillée ?

Je demande à mon père :

– C'est quoi, une chimère ?

– Une bête fabuleuse, avec une tête de lion, un corps de chèvre et une queue en serpent. Elle crache du feu comme un dragon.

Pour l'instant, maman fait des blagues. Mais nous verrons bien quand nous serons de retour !

En route vers le poste de police, je fais part de mon plan à papa :

– Tu diras que la dame est ta cousine… qu'elle s'appelle Albertine, qu'elle est originale, mais pas dangereuse.

– Compris ! me dit mon père avant d'entrer au poste.

•••

Le policier accepte de libérer la prisonnière. La dame est belle mais ses yeux baignent dans les larmes. Quand papa l'appelle cousine Albertine, elle s'énerve et crie que ce n'est pas elle. Je m'approche d'elle et lui chuchote :

– J'ai trouvé votre licorne.

Son joli visage s'illumine et elle accepte de venir avec nous. La dame a pour seul bagage un panier d'osier et un magnifique collier de fleurs. Le policier nous explique en rigolant :

– Son collier de mariée. Elle l'a tressé dans sa cellule, en pleurant sa licorne disparue.

Puis il ajoute :

– Mignonne, mais complètement cinglée, la petite dame ! Dommage !

Papa et moi, nous lançons au policier un regard glacial. Puis nous quittons le poste.

De retour à la maison, nous trouvons maman dehors, dans la pénombre.

– Elle ne m'a pas mordue, dit-elle.

– De qui parles-tu ? lui demande papa.

– De la licorne, voyons.

Ma mère est assise sur la terrasse. À cause de la noirceur, nous n'avions pas encore remarqué la licorne couchée à ses pieds. Maman, qui ne boit presque jamais d'alcool, sirote un apéro.

La dame aperçoit sa licorne. Elle s'élance vers elle, s'assoit à ses côtés et la caresse avec tendresse. Puis, elle nous raconte sa mésaventure au bord du fossé des quenouilles.

– Une bête gigantesque, toute rouge, avec une tête carrée et de grosses pattes rondes a surgi en grognant. Un étrange cavalier montait la monstrueuse bête. Ma licorne a eu peur et elle s'est enfuie.

Je pouffe de rire. La dame me regarde, l'air offusqué :

– Pourquoi riez-vous, demoiselle ?

– La grosse bête rouge à la tête carrée est un tracteur, et l'étrange cavalier, un fermier.

Maman s'esclaffe à son tour. Papa réprime un sourire et explique à la dame ce qu'est un tracteur. Elle n'a pas l'air de comprendre de quoi il s'agit. Ma mère se lève et s'exclame :

— Et si on passait à table ? Je suis désolée, mais je n'ai pas trouvé de filets de chimère.

— Il y a des chimères par ici ? demande la dame, complètement affolée.

Je la rassure aussitôt :

—Ma mère a le sens de l'humour, vous savez.

La dame ne se calme pas.

—Il faut que je parte immédiatement, je dois me marier, nous dit-elle, l'air anxieux.

Puis elle s'adresse à la licorne :

—Viens, ma belle.

La licorne se lève et galope vers sa maîtresse. La dame tente désespérément d'ouvrir la clôture.

Je vais l'aider. La dame me remercie et me demande de lui indiquer le chemin pour retourner au bord du fossé. J'offre de la raccompagner.

– Vous seriez très gentille, demoiselle, me répond-elle.

À mon retour, mes parents me demandent :

– Où est la dame ?

Je réponds :

– Elle est retournée chez elle.

– Mais qui est-elle ? D'où vient-elle ? m'interrogent-ils.

Parfois, le mystère, c'est comme un avion : mieux vaut le laisser planer ! J'aurais bien des choses à raconter, mais je préfère me taire. Je ne veux pas être sermonnée et punie ! Je m'exclame :

– Alors, on la mange, cette chimère ? J'ai faim, moi !

Mes parents ne doutent pas de l'existence de la licorne. Pourtant, ils en viennent à cette conclusion : « Rien n'empêche que cette femme est complètement dérangée psychologiquement. » Ah ! les adultes...

Nous ne mangeons pas de chimère, mais du poulet. Ensuite, nous achevons de préparer les bagages. Demain, Paris nous attend !

Chapitre 4

Une visite au musée

Paris, jour de pluie. Nos plans tombent à l'eau. Nous n'irons pas nous balader à pied dans la Ville lumière comme prévu. Maman aperçoit le musée de Cluny où sont exposées des œuvres du Moyen Âge. L'idée de contempler des vieilleries n'enchante pas mon père. Il tente de dissuader maman. Elle insiste. Il capitule.

Nous entrons au musée. Aussitôt, je m'écrie :

– C'est elle !

Des visiteurs se tournent vers moi.
Ils me désapprouvent du regard
comme si j'étais la petite fille la
plus mal élevée qu'ils aient ren-
contrée.

– Ah ! mon Dieu ! s'exclame ma
mère, complètement bouleversée
par ce qu'elle vient de découvrir.

Les gens nous dévisagent avec
exaspération. Un visiteur chuchote ;

– Comment voulez-vous que cette gamine soit polie ? La mère est incapable de lui donner le bon exemple !

Insultée, je plante mon regard dans celui du monsieur qui vient de nous critiquer, ma mère et moi.

– Nous connaissons cette dame. Elle était chez nous, avant-hier, avec sa licorne !

Mon regard se pose à nouveau sur la tapisserie qui date du seizième siècle. Elle s'intitule *La dame à la licorne.*

– N'est-ce pas, papa, que cette dame est venue chez nous ?

De toute évidence, mon père est gêné de répondre.

– Sachez, monsieur, que ma fille est têtue comme une mule, mais elle n'est pas menteuse ! lance ma mère.

Et vlan !

Nous poursuivons notre visite, la tête haute. Ravis, nous découvrons les autres tapisseries. La

septième s'intitule *Le mariage de la dame à la licorne.* C'est une œuvre du début du seizième siècle. Contrairement aux six autres tapisseries, elle n'a été découverte que récemment.

Folle de joie, je lance au monsieur grincheux :

– Vous voyez, c'est moi !

Je pointe du doigt la petite fille à côté de la mariée sur la tapisserie.

Ma mère s'écrie de nouveau, bouleversée :

– Ah ! mon Dieu !

Mon père me dévisage, l'air catastrophé.

– Anique, tu veux bien nous expliquer ?

Oh ! oh ! Il a parlé tout bas, mais quel ton sévère !

Difficile de faire croire à un sosie que j'aurais eu il y a cinq siècles :

les vêtements de la petite fille de la tapisserie sont identiques à ceux que je portais avant-hier.

Avant de fournir les explications à mes parents, je prends une grande inspiration.

– C'était en l'an 1500. La dame cueillait des fleurs pour son collier de mariée. Un méchant chevalier a tenté de capturer sa licorne. La corne de licorne vaut très cher, vous savez. Cette corne a le pouvoir de détecter les failles dans le temps. La dame et la licorne ont

traversé une faille pour échapper au chevalier. Elles ont voyagé dans le temps et se sont arrêtées à notre époque, en bordure du fossé des quenouilles de notre village. Ensuite, le tracteur est arrivé…

Maman m'interrompt :

– La licorne s'est sauvée. Ton père et toi avez fait libérer la dame qui est venue chez nous récupérer sa licorne. Mais cela n'explique

pas le fait qu'on te retrouve, toi
aussi, sur une œuvre qui a plus
de 500 ans !

Je risque d'être punie, mais je
dis la vérité, toute la vérité, je le
jure :

– J'ai accompagné la dame et
sa licorne en bordure du fossé.
Elle m'a invitée à son mariage.
J'y suis allée. Je suis revenue grâce
à la licorne. Voilà.

Les visiteurs se sont rassemblés et nous observent avec autant d'intérêt que les célèbres tapisseries.

Le monsieur grincheux, de plus en plus ébranlé par mes propos et par ceux de ma mère, s'en va en marmonnant :

– Que m'arrive-t-il ? Je perds la raison ou quoi ?

Mes parents sont très mécontents de ma petite escapade dans le temps. Pourtant, avant de quitter le musée, ils achètent une reproduction de la septième tapisserie de la dame à la licorne.

Chapitre 5

Licornes d'abondance

Depuis cette étrange aventure, j'ai grandi. Je n'habite plus le village de mon enfance mais, quand j'y retourne, je fais un détour par le fossé des quenouilles. En fait, il ne s'appelle plus le fossé des quenouilles parce qu'il n'y pousse plus de quenouilles. Vous avez peut-être entendu parler des licornes d'abondance ? Vous savez, ces fleurs aux tiges torsadées qui ne se fanent jamais et qui ne perdent pas leur parfum, même au plus froid de l'hiver ? On ne les trouve qu'à un endroit sur notre planète. C'est au bord d'un fossé, dans le village de mon enfance. La légende dit que le parfum de ces fleurs immortelles a des effets très bénéfiques sur la mémoire.

Aujourd'hui, des visiteurs du monde entier viennent humer ces fleurs aux tiges torsadées. Les plus grands botanistes n'ont toujours pas réussi à expliquer la disparition soudaine des quenouilles ni l'apparition tout aussi soudaine de ces fleurs uniques.

Moi, petite Anique, devenue grande et écrivaine, je vous ai raconté la vraie histoire de la dame à la licorne. Bien sûr, plusieurs de mes lecteurs croiront que c'est une histoire inventée par une romancière. Tant pis pour eux ! Si un jour ils passent par mon village, qu'ils aillent faire un tour en bordure du fossé des licornes d'abondance. S'ils passent par Paris, qu'ils aillent au musée de Cluny jeter un coup d'œil à la septième tapisserie. Ils m'en donneront des nouvelles !

Ah, j'oubliais ! J'ai toujours le bout de corne de licorne que j'ai trouvé quand j'étais petite. Un de mes grands amis, sculpteur, en a fait une très jolie bague. Quand on me demande ce que c'est, je dis la vérité. Bien entendu, on croit que je blague.

Dans la même collection

Achevé d'imprimer en février 2004
sur les presses de Imprimerie L'Empreinte inc.
à Ville Saint-Laurent (Québec)